Adaptation de Lee Howard
Illustrations d'Alcadia SNC
Illustrations de la couverture de Duendes del Sur
D'après l'épisode « 3-D Destruction » de Ed Scharlach
Texte français de France Gladu

Conception graphique de Kara Kenna

Titre original : *Scooby Doo! Dino Destruction*
ISBN : 978-1-4431-3293-0

Édition publiée par les Éditions Scholastic, 604, rue King Ouest, Toronto (Ontario) M5V 1E1.

5 4 3 2 1 Imprimé au Canada 119 14 15 16 17 18

Éditions SCHOLASTIC

Scooby et ses amis de Mystères Inc. sont en vacances au Costa Rica. Ils décident de visiter le musée d'histoire naturelle de la région.
CE MUSÉE EST CÉLÈBRE POUR SES TRAVAUX SUR LES FOSSILES ET LES OS DE DINOSAURES.
JE SUIS LE PROFESSEUR GUTIERREZ, CONSERVATEUR DU MUSÉE. J'ESPÈRE QUE NOTRE EXPOSITION SUR LES DINOSAURES VOUS PLAIRA.

Les amis font ensuite la connaissance du célèbre chasseur de fossiles, Melbourne O'Reilly.
SALUT, LES AMIS.
AHHH, C'EST UN HONNEUR DE FAIRE VOTRE CONNAISSANCE. J'AI VU VOTRE PHOTO SUR LA COUVERTURE D'UNE REVUE. VOUS CAPTURIEZ DES PIRANHAS À MAINS NUES DANS LE FLEUVE AMAZONE!

OH, MAIS C'ÉTAIT UN JEU D'ENFANT COMPARÉ À LA RECHERCHE DE CES OS DE DINOSAURES. J'AI EU DE LA CHANCE DE SORTIR DE LA JUNGLE VIVANT!
QUE VOULEZ-VOUS DIRE?
ON RACONTE QU'UNE MALÉDICTION PÈSE SUR CES OSSEMENTS : QUICONQUE LES RETIRE DU LIEU OÙ ILS REPOSENT SUBIRA LA VENGEANCE DE L'ESPRIT DU DINOSAURE!

Soudain, tout se met à trembler
à l'intérieur du musée!
GRRRRRRR!
SURTOUT, GARDONS NOTRE CALME!
J'IMAGINE QUE C'ÉTAIT L'ESPRIT DU DINOSAURE?

PROFESSEUR GUTIERREZ, POURRIONS-NOUS JETER UN COUP D'ŒIL DANS LE MUSÉE?
MAIS BIEN SÛR. VOICI MAUDE LORD, UNE ÉTUDIANTE QUI TRAVAILLE ICI BÉNÉVOLEMENT. MAUDE, POUVEZ-VOUS FAIRE FAIRE UNE VISITE SPÉCIALE À MES *AMIGOS*?

Maude conduit ensuite le groupe dans le vieux puits de la mine, puis vers l'auditorium pour assister à une projection spéciale.

Le professeur Gutierrez présente un nouveau documentaire sur les dinosaures.
NOUS AVONS AUJOURD'HUI LE GRAND PLAISIR D'ACCUEILLIR LE RÉALISATEUR J.-J. HOKOMOTO.
EXIT
IL EST ÉNORME! EFFRAYANT! IL EST TOUT PRÈS! VOICI LE GIGANTOSAURE EN 3D!

GRRRR!
BON SANG! C'EST SI RÉALISTE!
À QUI LE DIS-TU? J'AI MÊME L'IMPRESSION DE SENTIR SON HALEINE. UN BONBON À LA MENTHE NE LUI FERAIT PAS DE MAL!

C'est parce qu'il s'agit d'un vrai dinosaure! Scooby et ses amis s'enfuient à toutes jambes.

Heureusement, ils parviennent tous à s'échapper et sont sains et saufs. Mais ce n'est pas le cas des pièces exposées...
QUEL GÂCHIS! VOUS DEVEZ ÊTRE BOULEVERSÉ, PROFESSEUR GUTIERREZ.
QUI AURAIT PU S'ATTENDRE À UNE CHOSE PAREILLE?
TOUT PEUT ÊTRE RECONSTRUIT. ET QUI SAIT? CES ÉVÉNEMENTS BIZARRES ATTIRERONT PEUT-ÊTRE LES FOULES...

Un étranger s'approche alors du professeur Gutierrez.
JE M'APPELLE LUIS SEPEDA. JE REPRÉSENTE LES GENS DE LA VALLÉE CENTRALE. VOUS AVEZ VOLÉ LES OS SACRÉS. JE VIENS VOUS SUPPLIER DE LES REMETTRE EN PLACE, LÀ OÙ ILS REPOSAIENT.
JE N'AI RIEN VOLÉ. CES OSSEMENTS RESTERONT ICI, AU MUSÉE.
SI VOUS NE LES REMETTEZ PAS EN PLAC *UNE CATASTROPHE* S'ABATTRA SUR VOUS.

Melbourne O'Reilly se joint au groupe.
B'JOUR M'SIEUR!
VOUS N'ÊTES PAS INNOCENT DANS CETTE AFFAIRE, L'AMI.
COMMENT PEUT-IL VOUS ACCUSER?
IL A RAISON. C'EST MOI QUI AI APPORTÉ LES OS ICI. S'IL Y A UN VRAI DINOSAURE DANS LES PARAGES, C'EST À MOI DE LE CAPTURER!

En compagnie de la bande, Melbourne O'Reilly retourne dans la mine à la recherche du dinosaure.
LES EMPREINTES VONT PAR LÀ.
Sammy marche dans une flaque gluante.
JE CROIS QUE C'EST DE LA BAVE DE DINOSAURE, SAMMY.
HEIN? OUACHE!

Mais Sammy fait bientôt une découverte beaucoup moins dégoûtante : de l'or!

La mine se divise en trois tunnels.

Fred, Véra et Daphné empruntent le deuxième tunnel. Sammy et Scooby suivent donc le troisième.

Les deux amis n'ont fait que quelques pas quand un grondement se fait entendre.

Le dinosaure a acculé Fred, Daphné et Véra dans un coin!
Mais Sammy et Scooby arrivent à la rescousse! Vite, Fred, Véra et Daphné sautent sur le chariot.

Ils parviennent à échapper au dinosaure et trouvent une ancienne sortie qui les conduit jusqu'à la jungle, à l'extérieur du musée.

Scooby et ses amis retournent à l'intérieur du musée pour continuer leur enquête.
BEURK! VOUS MARCHEZ DANS LES TRACES DE BAVE!
N'EST-CE PAS LA PREUVE QU'IL S'AGIT D'UN VRAI DINOSAURE?
HUM... J'AI DÉJÀ VU CE PRODUIT. IL SERT À FABRIQUER DES PRODUITS DE BEAUTÉ!

La bande de Mystères Inc. se dirige droit vers le bureau du professeur Gutierrez.
JE VAIS FAIRE UN TEST SUR L'UN DES OS DE DINOSAURE POUR CONNAÎTRE SON ÂGE.

Ensuite, Véra analyse la photo de chacun des suspects avec un logiciel de reconnaissance des visages.
ET SI C'ÉTAIT MELBOURNE O'REILLY? IL SEMBLE VOULOIR JOUER LES HÉROS À TOUT PRIX!
Elle affiche ensuite une photo du *señor* Sepeda.
SES HISTOIRES DE MALÉDICTIONS ME LAISSENT PERPLEXE...
JUSTE CIEL! SELON INTERPOL, CET HOMME EST UN ARNAQUEUR! IL EST RECHERCHÉ POUR AVOIR VENDU DES VESTIGES ANTIQUES AU MARCHÉ NOIR.

Il est temps de mettre en place l'un des célèbres plans de Fred.

Sammy et Scooby attendent donc que le dinosaure veuille bien les attaquer!

Le plan fonctionne! Le dinosaure poursuit Sammy et Scooby hors de la mine, puis dans la jungle.

Il les talonne jusque dans le musée, fracassant les grandes portes en verre de l'entrée!

Sammy et Scooby attirent l'énorme bête vers l'exposition de squelettes de dinosaures et jusqu'au piège de Fred!

Fred tire sur une corde, et un énorme squelette s'écrase sur le dinosaure.

Mais Fred a sous-estimé la force du dinosaure. L'énorme créature arque le dos et fait voler en éclats le squelette qui le tenait prisonnier!

Le dinosaure a de nouveau disparu, mais qu'à cela ne tienne : Véra a une idée…
JE CROIS QUE J'AI TROUVÉ! RASSEMBLONS DE NOUVEAU TOUT LE MONDE DANS L'AUDITORIUM.

Lorsque tous sont bien assis, Véra commence sa projection.
SAMMY ET MOI SOMMES RETOURNÉS DANS LA MINE POUR FAIRE UNE PETITE EXPÉRIENCE. À L'AIDE D'UN CAISSON D'EXTRÊMES BASSES, NOUS AVONS PROUVÉ QUE LA MINE N'ABRITAIT QUE DES CHAUVES-SOURIS.
AUCUN AUTRE ANIMAL ET AUCUN HUMAIN NE PEUVENT SUPPORTER CE SON.
GRRRR!

C'est au tour de Sammy d'expliquer, à présent.
ET ÇA, CE N'EST PAS DU VRAI OR!
EN FAIT, SAMMY A TROUVÉ DE L'OR VÉRITABLE! QUELQU'UN S'EST SERVI DE L'EXCAVATRICE DES PIERRES LUNAIRES POUR EN FAIRE UN DINOSAURE. L'ESCROC RETIRAIT L'OR DE LA MINE ET L'EMPORTAIT PAR UNE SORTIE SECRÈTE.

CETTE ÉTUDIANTE EST UNE TRÈS BONNE DESSINATRICE : ELLE A CONÇU LE DINOSAURE QUI RECOUVRE L'EXCAVATRICE.
OUI, ET ELLE NE S'INTÉRESSE PAS QU'À LA MINE DE CRAYON. VOUS SAISISSEZ?
LORSQUE NOUS AVONS FAIT DES TESTS SUR LES OS DE DINOSAURES, NOUS AVONS CONSTATÉ QU'ILS PROVENAIENT DE DIVERSES PÉRIODES DE LA PRÉHISTOIR ET MÊME DE CRÉATURES DIFFÉRENTES!

LUIS SEPEDA A LUI-MÊME DÉPOSÉ LES OSSEMENTS DANS LES RUINES. IL A INVENTÉ LA MALÉDICTION POUR ÉLOIGNER LES GENS DE L'ENDROIT OÙ IL CONSERVE L'OR! MAIS COMME CETTE HISTOIRE N'EFFRAYAIT PAS MELBOURNE O'REILLY, LUIS A DEMANDÉ À MAUDE DE CONSTRUIRE LE DINOSAURE.
ET CE PLAN AURAIT FONCTIONNÉ, SI CES TOURISTES FOUINEURS NE S'EN ÉTAIENT PAS MÊLÉS!

JE VOUS REMERCIE DE VOTRE AIDE, MES AMIS. L'OR DE LA VIEILLE MINE SERVIRA À RÉPARER LE MUSÉE. ET IL NOUS FOURNIRA AUSSI UN THÈME D'EXPOSITION FORMIDABLE!
Scooby est tout à fait d'accord!
SCOOBY-DOOBY-DOO!